Pollita Chiquita

H. Werner Zimmermann

Traducido por Ann Freeman

SCHOLASTIC INC.

New York Toronto London Auckland Sydney

ISBN 0-590-44192-2

Text copyright © 1989 by Scholastic-TAB Publications Ltd.
Illustrations copyright © 1989 by H. Werner Zimmermann.

All rights reserved. Published by Scholastic Inc.,
730 Broadway, New York, NY 10003, by arrangement with
Scholastic-TAB Publications Ltd., Canada.

23 22 21 20   7 8

Printed in the U.S.A.   40

A Kathryn Cole,
quien nos ayuda cada día.

Un día Pollita Chiquita
estaba comiendo maíz en el corral.
De repente . . .

¡*Pum!* Una bellota se cayó del árbol,
pegándole en la cabeza.

—¡Ay de mí! — gritó Pollita Chiquita —.
¡El cielo se está cayendo! ¡El cielo
se está cayendo y tengo que avisar al Rey!

Y Pollita Chiquita se fue caminando,
caminando y caminando hasta
que se encontró con Gallo Rayo.

— Hola Pollita Chiquita — dijo Gallo Rayo —.
¿A dónde vas?

— ¡El cielo se está cayendo y tengo
que avisar al Rey! — dijo Pollita Chiquita.

— ¿Puedo acompañarte? — preguntó
Gallo Rayo.

— ¡Por supuesto! — contestó Pollita Chiquita.

Y los dos se fueron caminando, caminando
y caminando hasta que se encontraron
con Pato Chato.

— Hola Pollita Chiquita y Gallo Rayo — dijo
Pato Chato —. ¿A dónde van?

— ¡El cielo se está cayendo
y tenemos que avisar al Rey!
— contestaron Pollita Chiquita y Gallo Rayo.

— ¿Puedo acompañarlos?
— preguntó Pato Chato.

— ¡Por supuesto! — contestaron
Pollita Chiquita y Gallo Rayo.

Y los tres se fueron caminando, caminando
y caminando hasta que se encontraron
con Gansa Mansa.

— Hola Pollita Chiquita, Gallo Rayo y Pato
Chato — dijo Gansa Mansa —. ¿A dónde van?

— ¡El cielo se está cayendo y tenemos que avisar al Rey! — dijeron Pollita Chiquita, Gallo Rayo y Pato Chato.

— ¿Puedo acompañarlos? — preguntó Gansa Mansa.

— ¡Por supuesto! — contestaron Pollita Chiquita, Gallo Rayo y Pato Chato.

Y los cuatro se fueron caminando, caminando
y caminando hasta que se encontraron con
Pavo Bravo.

— Hola Pollita Chiquita, Gallo Rayo, Pato
Chato y Gansa Mansa — dijo Pavo Bravo —.
¿A dónde van?

— ¡El cielo se está cayendo y tenemos
que avisar al Rey! — dijeron Pollita Chiquita
Gallo Rayo, Pato Chato y Gansa Mansa.

— ¿Puedo acompañarlos? — preguntó
Pavo Bravo.

— ¡Por supuesto! — contestaron Pollita
Chiquita, Gallo Rayo, Pato Chato
y Gansa Mansa.

Y todos se fueron caminando, caminando

y caminando hasta que se encontraron
con Zorro Vivo.

— Hola Pollita Chiquita, Gallo Rayo,
Pato Chato, Gansa Mansa y Pavo Bravo
— dijo Zorro Vivo —. ¿A dónde van?

— ¡El cielo se está cayendo y tenemos
que avisar al Rey! — dijeron Pollita Chiquita,
Gallo Rayo, Pato Chato, Gansa Mansa
y Pavo Bravo.

— Pero nunca llegarán
a tiempo — dijo Zorro Vivo —.
Vengan conmigo por
un camino más corto.

— ¡Por supuesto! — contestaron
Pollita Chiquita, Gallo Rayo, Pato Chato,
Gansa Mansa y Pavo Bravo.
Y siguieron a Zorro Vivo dentro
de su cueva.

Y nunca jamás se volvió a ver a Pollita
Chiquita, ni a Gallo Rayo, ni a Pato Chato,
ni a Gansa Mansa, ni a Pavo Bravo . . .

. . . y nadie le avisó al Rey que el cielo
se estaba cayendo.